Ce livre appartient à :

Casterman
Cantersteen 47
1000 Bruxelles

www.casterman.com

ISBN : 978-2-203-12595-7
N° d'édition : L.10EJCN000617.N001

D'après les albums de Gilbert Delahaye et Marcel Marlier.
Achevé d'imprimer en juillet 2017, en France par Pollina - 81544.
Dépôt légal : octobre 2017 ; D.2017/0053/202
Déposé au ministère de la Justice, Paris (loi n°49.956 du 16 juillet 1949
sur les publications destinées à la jeunesse).

martine
se dispute

d'après les albums de Gilbert Delahaye et Marcel Marlier,
texte de Jean-Louis Marlier

casterman

Martine est très concentrée
sur son château de cartes.
– Attention, Patapouf,
recule un petit peu !
Mais Jean prépare
un mauvais coup...

Il lance sa peluche à toute vitesse sur le château, qui s'écroule sur le sol.

– NON ! hurle Martine, désespérée.

Le frère et la sœur commencent à se battre.

– Stop ! crie maman.
Filez dans vos chambres,
tout de suite !
Martine tente de protester,
mais maman ne veut rien
entendre.
– Vous descendrez quand
vous serez calmés.

Martine se jette sur son lit en pleurant.

– C'est de la faute de Jean, maman n'aurait jamais dû me gronder ! Même si parfois, c'est moi qui embête mon frère...

Après le repas, Martine décide d'écrire à son ami Cédric pour lui parler de la dispute. Papa l'autorise à utiliser l'ordinateur dans son bureau pour être au calme.

Elle a à peine le temps
d'écrire une phrase que
Jean vient la déranger.
– Tu écris à ton amoureux ?
demande le petit curieux en
se moquant de sa sœur.
Martine en a assez,
elle explose de colère.

D’un bond, elle se lève de
sa chaise et pousse Jean
de toutes ses forces.
Le garçon perd l’équilibre.
Il tente de se rattraper,
mais sa tête cogne contre
le coin de la table.

– Je saigne ! crie Jean en portant la main à son front. Martine veut l'aider, mais son frère la repousse en sanglotant.

Maman et papa accourent.

– Il faut aller à l'hôpital ! lance papa.

Martine veut les accompagner
mais papa n'est pas d'accord.
– Toi, tu gardes la maison
et tu surveilles Paul.
Sans un mot de plus,
il démarre la voiture.

Martine ferme la porte,
se laisse glisser sur le sol
et se met à pleurer.
– Je m'en veux tellement,
dit-elle à Patapouf qui est
venu la consoler. Nous nous
disputons toujours pour si peu.

DRIIIIIING !

Le téléphone sonne.

C'est sûrement maman.

– Martine ? C'est Clara !

Tu vas bien ?

Heureuse d'entendre son

amie, Martine lui raconte

sa mésaventure.

Clara, c'est une chouette amie. Dès qu'elle a entendu les pleurs de Martine, elle est venue pour la consoler.

– Tu n'as pas fait exprès, Martine, la rassure-t-elle.

Les fillettes
entendent
la voiture dans l'allée.

– Martine, regarde mon bandage ! s'écrie Jean. On m'a recousu avec une aiguille et je n'ai même pas pleuré !

– Tu vois, il est encore entier, ton frère adoré ! constate Clara en riant.

Martine est rassurée. Elle a eu tellement peur.

Pour

se faire

pardonner,

elle décide d'écrire une lettre

à son frère. Elle y passe

presque deux heures !

– J'espère qu'il sera content

de mon petit mot.

Elle lui
prépare
aussi un cadeau,
emballé dans un magnifique
papier, avec des rubans.

Puis, elle va frapper
à la porte de
sa chambre.

– Entrez ! dit Jean d'une voix endormie.

– Je suis désolée, dit Martine en tendant la lettre et le cadeau à son frère.

– C'est très gentil, répond Jean, mais tu sais, je l'avais bien cherché !

– Alors, d'accord... dit Martine avec un clin d'œil. C'est toi le plus filou de nous deux !

– Oh, ça, c'est à voir. Pour les bêtises, tu n'es pas la dernière !

Les enfants échangent un regard complice et éclatent de rire.

Titres disponibles

1. **martine** petit rat de l'opéra
2. **martine** un trésor de poney
3. **martine** apprend à nager
4. **martine** un mercredi formidable
5. **martine** la nouvelle élève
6. **martine** a perdu son chien
7. **martine** à la montagne
8. **martine** fait du théâtre
9. **martine** et la sorcière
10. **martine** en classe de découverte
11. **martine** se dispute
12. **martine** déménage
13. **martine** et le cadeau d'anniversaire
14. **martine** monte à cheval
15. **martine** la nuit de noël
16. **martine** est malade
17. **martine** fait les courses
18. **martine** drôle de chien
19. **martine** et les lapins du jardin
20. **martine** en bateau
21. **martine** à la mer
22. **martine** et les fantômes
23. **martine** au pays des contes
24. **martine**, princesses et chevaliers
25. **martine** à la maison
26. **martine** et les chatons
27. **martine** à la fête foraine
28. **martine**, l'arche des animaux
29. **martine** garde son petit frère
30. **martine**, la leçon de dessin
31. **martine** et le petit âne
32. **martine** fait du vélo
33. **martine** dans la forêt
34. **martine** et les marmitons
35. **martine** au cirque
36. **martine** en voyage
37. **martine** la surprise
38. **martine** baby-sitter
39. **martine** fait du camping
40. **martine** et le petit moineau
41. **martine** se déguise
42. **martine** protège la nature
43. **martine** fait de la musique
44. **martine** prend le train
45. **martine** en vacances
46. **martine** en montgolfière
47. **martine** au zoo
48. **martine** et le prince mystérieux
49. **martine** en avion
50. **martine** fête maman
51. **martine** à la ferme
52. **martine** et les quatre saisons
53. **martine**, vive la rentrée !
54. **martine** fait la cuisine
55. **martine** au parc
56. **martine** fait de la voile